Sans Limites

Le ski alpin

John Crossingham & Bobbie Kalman

Traduction : Marie-Josée Brière

D1398263

Le ski alpin est la traduction de *Skiing in Action* de John Crossingham et Bobbie Kalman (ISBN 0-7787-0357-6)
© 2005, Crabtree Publishing Company, 612 Welland Ave., St.Catherines, Ontario, Canada L2M 5V6

Catalogage avant publication de Bibliothèque et Archives nationales du Québec et Bibliothèque et Archives Canada

Crossingham, John, 1974-

Le ski alpin

(Sans limites)
Traduction de : Skiing in action.
Pour enfants de 8 à 12 ans.

ISBN 978-2-89579-167-6

1. Ski - Ouvrages pour la jeunesse. I. Kalman, Bobbie, 1947-   . II. Titre. III. Collection : Sans limites (Montréal, Québec).

GV854.315.C7614 2007   j796.93   C2007-941045-6

Recherche de photos : Crystal Foxton

Remerciements particuliers à : Natasha Barrett, Jacqueline Everson, Emma Funnel, Ethan Funnel, Nicholas Cassara, Olivia Leslie, Chris Jones, Jamie Bull, Lesley Jannis et le Horseshoe Resort

Photos : Marc Crabtree : quatrième de couverture, pages 7, 8, 9, 14, 15, 17, 18, 19, 20, 21, 23, 25 (en bas) ; Mark Ashkanasy/STL/Icon SMI : pages 27, 30 (en haut) ; Paul Martinez/PHOTOSPORT.COM : page 31 (en bas) ; Philippe Millereau/DPPI/Icon SMI : page 26 (en bas) ; STL/Icon SMI : page 26 (en haut) ; Shazamm : page 29 (en haut) ; Autres images : Adobe Image Library, Corbis Images, Corel, Digital Stock et PhotoDisc

Illustrations : Bonna Rouse

Nous reconnaissons l'aide financière du gouvernement du Canada par l'entremise du Programme d'aide au développement de l'industrie de l'édition (PADIÉ) pour nos activités d'édition.

Conseil des Arts   Canada Council
du Canada   for the Arts

Bayard Canada Livres Inc. remercie le Conseil des Arts du Canada du soutien accordé à son programme d'édition dans le cadre du Programme des subventions globales aux éditeurs.

Cet ouvrage a été publié avec le soutien de la SODEC.
Gouvernement du Québec – Programme de crédit d'impôt pour l'édition de livres – Gestion SODEC.

Dépôt légal – 3ᵉ trimestre 2007
Bibliothèque nationale du Québec
Bibliothèque nationale du Canada

Direction : Andrée-Anne Gratton
Graphisme : Mardigrafe
Révision : Marie Théorêt

© Bayard Canada Livres inc., 2007
4475, rue Frontenac
Montréal (Québec)
Canada H2H 2S2
Téléphone : (514) 844-2111 ou 1 866 844-2111
Télécopieur : (514) 278-3030
Courriel : edition@bayard-inc.com

Imprimé au Canada

www.sanslimi...

...ur le site Internet :

Fiches d'activités pédagogiques
en lien avec tous les albums des collections Petit monde vivant et Le raton laveur

Catalogue complet

Table des matières

Qu'est-ce que le ski ?

Le ski est un sport d'hiver qui consiste à glisser sur la neige avec des skis. Les skis sont de longues planches minces faites de **fibre de verre** et attachées par des fixations aux bottes des skieurs. Il existe plusieurs disciplines de ski. Les plus populaires de nos jours sont le ski alpin et le ski nordique, qui inclut le **ski de fond**, le **saut à skis** et le **biathlon**. Quant au ski alpin, c'est ce qu'on appelle aussi le « ski de descente ». Ses adeptes dévalent de hautes montagnes couvertes de neige. Nous verrons dans ce livre les rudiments du ski alpin.

Loisir ou compétition ?

La plupart des skieurs, y compris les débutants, pratiquent ce sport pour s'amuser. Certains skieurs plus avancés participent à des **compétitions**, par exemple à des courses de ski alpin. Dans les courses de ce genre, les participants doivent effectuer des virages serrés en dévalant des pentes abruptes. Celui qui prend le moins de temps pour arriver en bas est proclamé vainqueur.

Le ski libre et le ski acrobatique sont deux autres disciplines de ski. Les adeptes du ski libre se rendent en montagne à la recherche de pentes peu fréquentées, couvertes de neige vierge. Ceux qui pratiquent le ski acrobatique effectuent des manœuvres audacieuses dans les airs ou sur les pentes.

Une longue histoire

Les skis servent de moyen de transport depuis très longtemps. Il y a des milliers d'années, les Scandinaves utilisaient des skis de bois rudimentaires pour se déplacer sur la neige en hiver. Aujourd'hui, le ski est à la fois un loisir et un sport de compétition.

L'équipement de base

La pièce d'équipement la plus importante, pour un skieur, c'est une bonne paire de skis. Il y en a de différents styles, selon les capacités de chacun. La largeur, la longueur, la flexibilité et le **profil** de tes skis dépendent de ta taille, de ton poids et de ton niveau d'habileté. Quand tu achètes ou que tu loues de l'équipement, n'oublie pas de mentionner au commis du magasin ta taille, ton poids et le style de ski que tu pratiques.

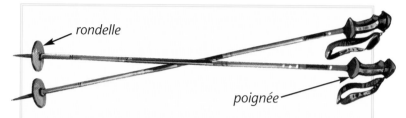

rondelle

poignée

Les bâtons

Les bâtons améliorent la **stabilité** et la force de propulsion des skieurs. Ils sont entourés, à une extrémité, d'une poignée que tient le skieur. Une rondelle, à l'autre extrémité, empêche le bâton de s'enfoncer trop profondément dans la neige.

Les skis

Pendant des décennies, les côtés des skis alpins étaient droits. Au début des années 1990, on a toutefois commencé à utiliser des skis paraboliques, dont les bords étaient courbés vers l'intérieur. La forme particulière de ces skis favorise la vitesse et facilite les virages. Les skis paraboliques sont très populaires parce qu'ils sont plus faciles à manœuvrer que les skis droits.

Les bottes

Les bottes de ski sont faites d'une solide coque de plastique et d'un chausson intérieur. Ce chausson forme une épaisse doublure rembourrée, qui améliore le confort du pied et le garde au chaud. Les bottes sont aussi munies de fixations, qui s'enclenchent au-dessus des orteils et à l'arrière du talon pour attacher les bottes aux skis. Pour insérer ta botte dans une fixation, pointe les orteils vers le bas et glisse-les dans la bride avant. Pousse ensuite fermement vers le bas avec ton talon pour l'enfoncer dans la bride arrière. La fixation se verrouillera et retiendra ta botte en place. La plupart des fixations se détachent quand on tire sur la bride arrière. Elles se relâchent aussi automatiquement en cas de chute en descente.

Bien au chaud !

Quand on fait du ski, il fait souvent très froid. Il est donc important de bien s'habiller. Le mieux, c'est de porter plusieurs épaisseurs de vêtements, que tu pourras enlever si le temps se réchauffe. Commence par de longs **sous-vêtements isolants** et d'épaisses chaussettes, qui emprisonnent la chaleur près de la peau. Enfile ensuite un pantalon, un maillot à col roulé et un chandail chaud. Complète avec un manteau et un pantalon de ski. Ils doivent couper le vent et, surtout, être imperméables. Il n'y a rien comme des vêtements mouillés pour gâcher une journée de ski ! Pour finir, il te faudra une tuque et des gants, ou encore des mitaines.

Une protection supplémentaire

Le froid peut gercer la peau. Elle devient alors toute sèche et elle craque. Tu peux mettre du baume pour protéger tes lèvres du froid et du vent. Tu dois aussi appliquer de la crème solaire sur ton visage. Il est très facile d'attraper un coup de soleil en ski parce que la neige réfléchit les rayons solaires. Une paire de lunettes te protégera les yeux du vent et de la neige, et te permettra de voir clairement. Tu devrais aussi prévoir une collation légère, par exemple des fruits ou une barre granola, que tu pourras garder dans tes poches.

Chalets et remonte-pentes

La plupart des skieurs pratiquent leur sport dans des stations de ski. On trouve dans chaque station un chalet principal, généralement situé au bas des pentes. Dans ce grand bâtiment, les skieurs disposent de tout le nécessaire pour une bonne journée de ski, notamment des toilettes, des cafétérias, des services de location d'équipement, des leçons de ski et des premiers soins. Il peut y avoir plus d'un chalet dans les stations qui comptent plusieurs pentes.

Vos billets !

C'est généralement au chalet principal que les skieurs achètent leurs billets pour les remonte-pentes, des machines qui les transportent au sommet des pistes. Les billets se présentent le plus souvent comme des autocollants ou des étiquettes à fixer à son manteau. Fais bien attention de ne pas perdre le tien si tu ne veux pas rester au bas des pentes !

Les pentes les plus courtes et les plus faciles de la station sont parfaites pour les débutants.

La patrouille de ski

Faire du ski, c'est amusant, mais cela peut aussi être dangereux. Pour aider à prévenir les accidents, toutes les stations imposent certaines règles aux skieurs. Des secouristes, qui forment **la patrouille de ski**, parcourent les pentes pour s'assurer que tous les skieurs respectent ces règles et pour aider ceux qui ont des accidents. Avant de t'élancer sur les pistes, prends le temps de te familiariser avec les règles de la station. Et traite toujours les autres skieurs avec respect.

On monte !

Le type de remonte-pente le plus courant, c'est le télésiège. Il est muni d'une barre de sécurité, qui retient les skieurs sur leur siège, et parfois d'un repose-pieds. Tu peux y placer tes skis pendant la remontée. Les télésièges peuvent transporter de une à quatre personnes. Les plus courants sont les triples et les quadruples parce qu'ils permettent de déplacer beaucoup de gens en même temps. Il y a aussi des télésièges à six places.

Les autres types

Les remontées de surface et les téléphériques sont aussi des remonte-pentes. Les remontées de surface incluent les câbles de remontée et les téléskis. Sur ces appareils, tu laisses tes skis par terre et tu tiens un câble ou une barre qui te hisse jusqu'en haut. Ils sont moins courants que les télésièges, mais on en trouve encore dans certaines petites stations ou sur les pentes pour débutants. Les téléphériques sont formés de cabines en-tièrement closes qui peuvent transporter jusqu'à douze personnes en même temps. On en trouve dans les très grandes stations, fréquentées par de nombreux skieurs.

En voiture !

Monter dans un télésiège, c'est facile ! Quand vient ton tour, prends tes deux bâtons dans la même main. Surveille l'arrivée du télésiège, en regardant derrière ton épaule, et sers-toi de ta main libre pour l'agripper et aller te placer devant le siège. Le télésiège viendra s'appuyer derrière tes genoux et tu n'auras qu'à t'asseoir. Quand tout le monde a pris place dans le télésiège, abaisse la barre de sécurité. S'il y a un repose-pieds, poses-y tes skis. À l'arrivée, relève la barre de sécurité juste avant d'atteindre la rampe de sortie. Aide-toi de tes mains pour sortir du siège et descends la rampe en skis.

*Si tu ne te sens pas à l'aise pour monter dans un télésiège, demande au **préposé aux remonte-pentes** de le ralentir.*

neige et pistes

Les endroits aménagés pour skier s'appellent des « pistes ». Une station de ski moyenne peut en compter entre 30 et 100. Avant de commencer tes descentes, il est préférable de savoir sur quel genre de neige tu devras skier. L'idéal, c'est une neige molle et lisse, mais assez ferme, qui offre une bonne adhérence même après le passage de centaines de skieurs. La neige mouillée est lourde et collante, tandis que la poudreuse est molle et épaisse. Elle est particulièrement appréciée des skieurs experts. En effet, il faut être capable de prendre beaucoup de vitesse pour pouvoir skier dans la poudreuse sans s'y enfoncer. Quant à la glace, elle n'offre aucune adhérence aux skis. Il est donc préférable de l'éviter. On peut généralement distinguer les plaques de glace parce qu'elles sont plus brillantes que la neige qui les entoure. S'il n'y a pas assez de neige sur les pistes, les stations utilisent souvent des canons à neige pour fabriquer de la neige artificielle. Cette neige est plus dure et plus glacée que la neige naturelle.

Les pistes de ski sont souvent entretenues par des véhicules très larges qui aplatissent et épandent la neige sur les pistes pour en aplanir la surface. Ces véhicules laissent de petits sillons que l'on compare parfois à du velours côtelé.

Comprendre les indications

Les pistes sont cotées selon leur degré de difficulté, pour permettre aux skieurs de tous les niveaux de trouver celles qui leur conviennent. Elles sont désignées par un code très simple de couleurs et de formes, dont tu trouveras l'explication à droite. La cote de chaque piste est indiquée sur la carte de la station, comme celle qu'on voit ci-dessous.

 Les pistes marquées par un cercle vert ont une pente douce et une surface lisse. Elles sont parfaites pour les débutants.

 Les pistes indiquées par un carré bleu ressemblent aux pistes vertes, mais elles présentent des pentes un peu plus abruptes, des bosses plus prononcées et des virages plus rapides.

 Le losange noir désigne les pistes très difficiles. Elles sont abruptes et souvent étroites, et comprennent généralement un champ de bosses.

 Les pistes signalées par un double losange noir sont extrêmement difficiles ! Elles sont réservées aux experts.

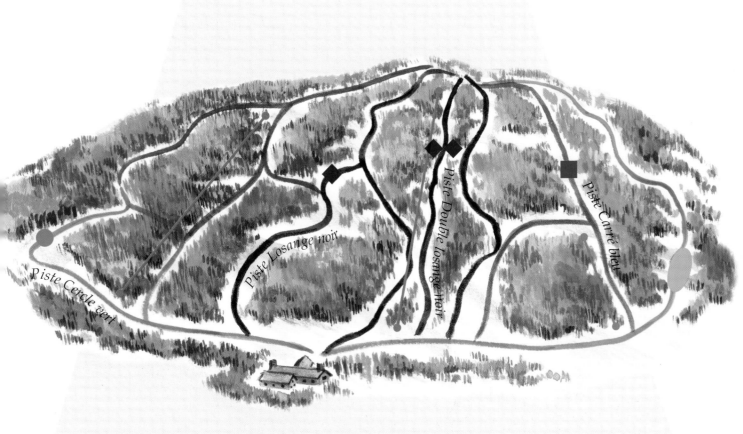

*Sur les cartes de la plupart des stations, le trajet des remonte-pentes est indiqué par des lignes rouges ou noires. Les **parcs à neige** et les **demi-lunes**, où les planchistes et les skieurs amateurs d'acrobaties peuvent effectuer leurs figures, sont généralement désignés par un ovale orangé.*

L'échauffement

Pour faire du ski, tu dois te servir de toutes les parties de ton corps. Comme les pistes sont parfois bosselées, tu peux t'attendre à tomber de temps en temps, surtout si tu débutes. Si tu oublies de t'étirer et d'échauffer tes muscles avant de commencer, tu risques d'avoir des crampes ou de te blesser. Commence par marcher d'un bon pas pendant cinq à dix minutes avant de passer aux exercices illustrés ici. Certains des étirements ne peuvent pas se faire avec des bottes de ski. Fais-les donc dans le chalet, juste avant de sortir pour chausser tes skis.

Le croisement des jambes

Debout, croise les jambes à la hauteur des chevilles. Penche-toi vers l'avant et étire lentement les bras vers tes orteils. Garde les genoux légèrement fléchis en t'étirant le plus possible sans ressentir de l'inconfort. Reste dans cette position pendant dix secondes, puis redresse-toi et change de jambe. Étire chaque jambe trois fois.

L'étirement des quadriceps

En équilibre sur le pied droit, replie la jambe gauche derrière toi et prends ta cheville dans ta main gauche, en gardant les genoux ensemble. Tu vas sentir un étirement à l'avant de la cuisse gauche. Maintiens cette position en comptant jusqu'à dix, puis change de côté.

Les rotations des hanches

Les mains sur les hanches, les pieds écartés à la largeur des épaules, fais des cercles avec les hanches en gardant les pieds bien à plat. Fais trois tours vers la droite, puis trois vers la gauche.

Les fentes

Debout, les pieds écartés à la largeur des épaules, fais un grand pas en avant avec ton pied gauche. Quand ton pied touchera terre, place ton genou gauche directement au-dessus de ta cheville. Fléchis le genou droit de manière que ton talon se soulève du sol. Ensuite, prends appui sur ta jambe gauche pour revenir à ta position de départ. Répète avec la jambe droite. Exécute dix de ces fentes de chaque côté.

Les rotations des chevilles

Assieds-toi par terre, une jambe tendue devant toi. Plie l'autre jambe de manière à pouvoir tenir ton pied dans ta main. Fais doucement des cercles avec ce pied, dix fois dans un sens, puis dix fois dans l'autre. Et n'oublie pas de changer de jambe !

L'étirement en « V »

Assieds-toi, les jambes écartées en « V », les orteils pointés vers le haut. En gardant le bas du dos bien droit, penche-toi vers l'avant jusqu'à ce que tu sentes un étirement dans les fesses et à l'arrière des jambes. Reste dans cette position en comptant jusqu'à dix.

En équilibre

Le ski, c'est avant tout une affaire d'équilibre. Un équipement bien adapté te fournira une certaine stabilité, mais tu dois aussi adopter une posture appropriée. La posture, c'est la façon de placer tes pieds, tes jambes et le haut de ton corps pendant que tu skies. Sur la photo de gauche, la skieuse a la tête haute et les genoux légèrement fléchis. Ses skis sont proches l'un de l'autre, sans toutefois se toucher, et ses bâtons sont placés de manière qu'elle puisse les planter n'importe quand dans la neige. Elle a aussi les bras légèrement avancés, ce qui l'aide à garder son équilibre.

Pour t'habituer

Tu trouveras peut-être étrange de te tenir sur des skis la première fois. Avant de te rendre en haut d'une pente, prends le temps de t'habituer à tes skis en faisant quelques exercices faciles. Commence par marcher, tout simplement. Concentre-toi pour garder tes skis parallèles, à environ 15 centimètres l'un de l'autre. À chaque pas, plante ton bâton dans la neige du côté opposé. Par exemple, quand tu avances le ski droit, plante le bâton de gauche. Tu auras ainsi plus d'équilibre.

La position des bâtons

Tu seras plus stable si tu plantes tes bâtons dans la neige, surtout dans les virages. Tiens-les solidement avec le pouce et l'index, en évitant de serrer les trois autres doigts pour que tes bâtons puissent bouger d'avant en arrière.

De bons conseils

Un bon moniteur est essentiel pour apprendre à skier. Les leçons de ski sont le meilleur moyen d'améliorer tes habiletés sans développer de mauvaises habitudes. Même les bons skieurs suivent parfois des cours avancés pour se perfectionner et acquérir de nouvelles techniques. La plupart des stations offrent des cours pour les skieurs de tous les niveaux. Quand viendra le temps de t'inscrire, décris franchement tes capacités. Si tu choisis un cours trop avancé, tu auras du mal à te tirer d'affaire, mais si ton cours est trop facile, tu risques de t'ennuyer !

Quelques termes courants

Les skieurs emploient souvent les mots « amont » et « aval », pour désigner respectivement le haut et le bas de la pente. Ils parlent par exemple de leur « ski amont » et de leur « ski aval ». Le ski amont, c'est celui qui est le plus rapproché du sommet, quand les skis sont perpendiculaires à la pente. Le ski aval, c'est le plus proche du bas.

ski amont

ski aval

À l'intérieur ou à l'extérieur ?

Les **carres** portent également des noms différents selon l'endroit où elles se trouvent. La carre intérieure est la plus proche de l'autre ski, quand tu as les deux skis aux pieds. L'autre, c'est la carre extérieure.

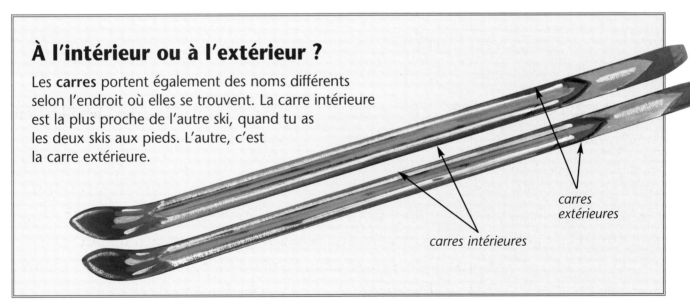

carres extérieures

carres intérieures

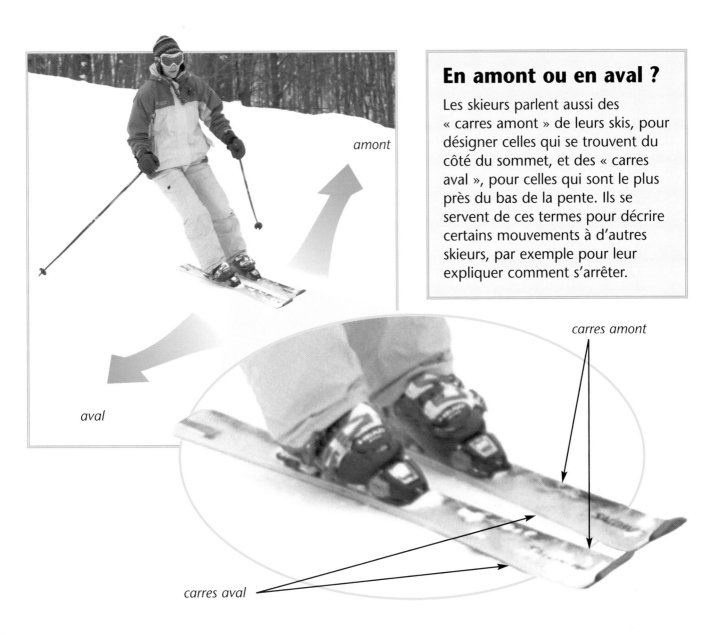

amont

aval

En amont ou en aval ?

Les skieurs parlent aussi des « carres amont » de leurs skis, pour désigner celles qui se trouvent du côté du sommet, et des « carres aval », pour celles qui sont le plus près du bas de la pente. Ils se servent de ces termes pour décrire certains mouvements à d'autres skieurs, par exemple pour leur expliquer comment s'arrêter.

carres amont

carres aval

D'une carre à l'autre

Une fois que tu sauras comment s'appellent tes carres, tu apprendras facilement à en tirer profit. Quand tu appuies sur un côté de ton ski, il s'enfonce dans la neige et s'y agrippe. C'est cette adhérence qui te permet de contrôler ta direction et ta vitesse. Apprends à te servir de tes carres avant de te lancer sur les pentes.

À l'arrêt, fléchis une des chevilles vers l'extérieur, de manière que ta carre extérieure morde dans la neige, et reste en équilibre dans cette position. Ensuite, fléchis la cheville dans l'autre sens pour t'appuyer sur l'autre carre. Garde cette position aussi longtemps que possible sans tomber.

Avant de commencer

Dans une station de ski, tu ne passes pas tout ton temps à descendre des pentes. Il est important de connaître quelques techniques de base pour pouvoir te déplacer, même si ce n'est pas pour dévaler la montagne. Avec le pas de patin, tu peux glisser rapidement sur terrain plat ou remonter une pente sur une courte distance. Le pas d'escalier te permet aussi de monter ou de descendre une pente sur quelques mètres. Tu dois te servir de tes carres pour ces deux mouvements.

Le pas de patin

La façon la plus rapide de se déplacer sur terrain plat, c'est de glisser sur la neige comme si tu patinais. Sers-toi de chaque ski, à tour de rôle, pour glisser, puis pour pousser.

1. Pointe le bout de ton ski droit vers l'extérieur, tout en enfonçant la carre intérieure du même ski dans la neige. En poussant avec ton ski droit, tu glisseras vers l'avant avec ton ski gauche.

2. Tout en glissant, repose ton ski droit par terre près de ton ski gauche. Répète ensuite ta poussée à l'aide de ton ski gauche, ce qui te fera glisser vers l'avant sur ton ski droit.

Le pas d'escalier

Tu peux parfois t'arrêter un peu plus haut ou un peu plus bas que tu le voudrais sur une pente. Le pas d'escalier te permettra alors de monter ou de descendre légèrement.

1. Pour monter, prends appui sur tes carres amont, les skis perpendiculaires à la pente. Soulève ensuite la jambe la plus proche du sommet.

2. Fais un grand pas de côté.

3. Soulève maintenant l'autre jambe, en t'appuyant sur tes bâtons pour garder l'équilibre.

4. Repose cette jambe à côté de la jambe amont.

Coin, coin !

Tu peux aussi monter « en canard », ce qui est un peu plus difficile. Place tes skis en « V », les pointes vers l'extérieur, face au sommet de la pente. Tu dois te servir de tes carres intérieures pour mordre dans la neige en montant.

Le pas d'escalier et la montée en canard sont très fatigants. Utilise-les seulement pour gravir de courtes distances.

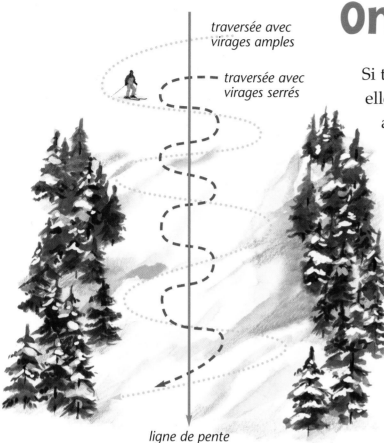

traversée avec virages amples

traversée avec virages serrés

ligne de pente

On y va !

Si tu lançais une balle du haut d'une pente, elle descendrait sur une ligne imaginaire appelée « ligne de pente ». C'est le chemin le plus direct jusqu'en bas, et aussi le plus rapide – beaucoup trop pour la plupart des skieurs ! Avant de dévaler les pentes de cette façon, tu dois apprendre à faire des traversées, c'est-à-dire à te déplacer en diagonale sur une pente. C'est ce qui te permet de contrôler ta vitesse. Plus tu t'approches de la ligne de pente, plus tu vas vite. Quand un skieur reste proche de la ligne de pente, on dit qu'il fait une « traversée avec virages serrés ». Les débutants devraient plutôt effectuer des virages amples, en s'éloignant largement de la ligne de pente.

Pour effectuer une traversée

Pour effectuer une traversée avec virages amples, commence par placer tes skis perpendiculairement à la pente. Si tu veux gagner de la vitesse, pousse avec tes bâtons ou penche légèrement les jambes vers l'avant en appuyant tes tibias sur le bord de tes bottes. En traversée, tu dois prendre appui sur tes carres amont. Ta position ressemble beaucoup à la posture de base illustrée à la page 14, mais le haut de ton corps doit pointer légèrement vers l'aval. Ton ski amont doit être un peu plus avancé que ton autre ski. Cette posture t'aidera non seulement à avancer, mais aussi à négocier tes virages.

Arrêtez-moi !

Maintenant que tu sais comment skier en traversée, tu dois apprendre à t'arrêter ! La technique la plus facile, pour les débutants, s'appelle le « chasse-neige ». Elle consiste à pointer le bout de tes deux skis l'un vers l'autre, pour former un « V » à l'envers, en t'appuyant sur les carres extérieures. Quand tu te sentiras assez à l'aise sur tes skis, tu préféreras peut-être t'arrêter en dérapant. Pour y arriver, appuie-toi fermement sur tes talons et enfonce tes carres amont dans la neige. Fléchis les genoux et penche-toi légèrement vers l'amont pour garder l'équilibre, les bras tendus vers l'avant. Plus tu pousseras fort sur la neige, plus tu t'immobiliseras rapidement.

En situation de dérapage, ton corps tournera jusqu'à ce que tu glisses de côté sur la pente.

Debout !

Tous les skieurs tombent de temps en temps, mais il y a des façons d'atténuer les chutes. Si tu tombes vers l'aval, tu risques davantage de te blesser. Alors, quand tu sens que tu es sur le point de tomber, essaie de te laisser aller vers l'arrière. Tu pourras ainsi rester à peu près à la même place sur la pente. Une fois par terre, tu peux t'aider de tes bâtons pour te relever. Prends-les tous les deux ensemble et plante-les juste en amont de tes genoux. Place ta main amont à mi-hauteur des bâtons, en tenant les poignées dans ton autre main. Soulève-toi en poussant sur tes bâtons.

Après une chute, sers-toi de tes bâtons pour te relever. Essaie de ne pas rester par terre trop longtemps. Sinon, les autres skieurs risquent de ne pas te voir.

Les virages

Quand tu es sur les pentes, tu passes presque
tout ton temps à faire des traversées et des virages.
Les virages te permettent non seulement de changer de
direction, mais aussi de contrôler ta vitesse. C'est souvent
la technique que les débutants trouvent la plus difficile à
maîtriser, mais si tu y vas lentement et que tu te concentres
bien, tu réussiras bientôt des virages en douceur. La première
règle est simple : c'est de ne pas tourner avec le haut de
ton corps. Le mouvement se fait surtout en bas de la taille.

Les virages coupés

Un large virage arrondi s'appelle un « virage coupé ». Dans ce type de virage, les skis mordent dans la neige en laissant des traces régulières derrière eux. Pour t'exercer à faire des virages coupés, choisis de préférence une pente large et peu accentuée.

1. Commence à amorcer ton virage en traversée sur tes carres amont. Glisse ton ski amont devant l'autre. Fléchis les genoux et presse sur les carres aval de tes skis. Tu vas commencer à tourner à peu près à la ligne de pente.

2. Maintenant, redresse un peu les jambes pour pouvoir transférer ton poids sur ton ski aval. Prends appui sur la carre extérieure de ce ski pour tracer une grande courbe dans la neige. Garde le haut de ton corps centré sur tes bottes, sans t'incliner trop vers l'arrière ou vers l'avant.

3. En sortant du virage, redresse tes skis et appuie-toi sur les carres amont de tes deux skis. Retourne en position de traversée en fléchissant un peu les genoux. Ton ski qui se trouve maintenant en amont devrait être légèrement en avant de l'autre.

De plus en plus vite

Quand tu effectues des virages serrés, ta poitrine doit faire face en tout temps au bas de la pente.

Sur les pentes douces, il suffit de quelques virages coupés pour te rendre en bas. Mais quand tu te lanceras sur des pentes plus abruptes, tu devras faire moins de traversées et plus de virages pour garder le contrôle de tes skis. Les virages effectués l'un après l'autre, sans traversée, s'appellent des « virages serrés ». Ils t'obligent à transférer constamment ton poids d'un ski à l'autre. C'est une technique qui ne se maîtrise pas du jour au lendemain. Chaque fois que tu vas skier, attaque-toi à des pentes de plus en plus abruptes et exerce-toi à faire des traversées de plus en plus courtes entre tes virages.

Des traces en « S »

Après avoir effectué quelques virages serrés, arrête-toi et regarde les traces que tu as laissées derrière toi. Vois-tu des courbes en « S » bien régulières ou des zigzags désordonnés ? Même si tu as fait des virages rapides, tes traces devraient normalement révéler que tes virages se sont enchaînés en douceur quand tes skis ont mordu dans la neige.

Tes virages seront plus faciles si tu plantes un de tes bâtons dans la neige. Juste au moment où tu transfères ton poids vers tes carres aval, plante ton bâton aval à environ 30 centimètres de la pointe de ton ski. Sers-toi de ton bâton pour marquer ton virage, et relève-le quand tu auras terminé ton virage.

Vas-y, fonce !

Si tu sens que tu vas trop vite, un virage en dérapage peut t'aider à contrôler ta vitesse. Pour effectuer un virage de ce genre, tu dois mettre une pression supplémentaire sur tes carres amont. Tes skis vont glisser et faire gicler de la neige. Ajoute suffisamment de pression pour ralentir, mais pas trop quand même : tu ne voudrais pas t'arrêter complètement ! Fléchis les genoux et, avec le bas du corps, applique un peu plus de force dans ton dérapage. Pousse tes hanches du côté intérieur du virage. À la fin du virage, redresse légèrement tes hanches et tes jambes. Garde tes épaules et tes hanches face au bas de la pente.

Les virages en dérapage sont très importants pour les skieurs experts qui descendent les pistes marquées par un losange noir. C'est la seule façon de garder le contrôle de leurs skis sur des pentes très abruptes.

Vers le remonte-pente

La position groupée est idéale pour te rendre au remonte-pente. Elle t'aide à conserver ta vitesse sur terrain plat, par exemple au bas d'une piste. Quand tu constates que la pente va bientôt finir, cesse tes virages et skie tout droit, sur la ligne de pente. Maintiens tes skis écartés d'une quinzaine de centimètres, penche le buste vers l'avant et fléchis les genoux, en gardant la tête haute. Place tes bâtons sous tes bras, pointés vers l'arrière.

Dans les bosses

Quand tu te sentiras à l'aise pour effectuer des virages sur des pentes lisses, tu seras prêt à t'attaquer aux bosses. Un champ de bosses bien aménagé est imprévisible, souvent difficile, et aussi très amusant. Les bosses peuvent avoir la taille d'une petite voiture et sont parfois très rapprochées, alors prépare-toi ! Pour commencer, il est préférable d'essayer des bosses pas trop grosses.

Les bosses sur pistes bleues

Les pistes marquées par un carré bleu comprennent souvent de petits passages parsemés de bosses assez espacées, ce qui te donne le temps de prévoir tes mouvements. Tu peux skier sur les bosses ou les contourner. Quand tu te trouves dans un champ de bosses, il faut toujours faire face au bas de la pente. Il y a, en gros, deux endroits pour tourner sur une bosse : autour de sa base ou sur son sommet, appelé « crête ». Pour tourner autour de la base, plante ton bâton sur la crête. Puis, effectue un virage coupé ou en dérapage autour de la bosse. Pour tourner sur la crête, commence à basse vitesse. Si tu vas trop vite, tu risques de t'envoler ! Plante ton bâton à l'intérieur de ton virage et laisse-toi descendre en bas de la bosse. Fléchis fortement les genoux en portant ton poids sur tes carres amont. Une fois ton virage terminé, prépare-toi pour la bosse suivante.

Il est relativement simple de tourner autour de la base d'une bosse, mais c'est une zone qui peut être très glissante. Beaucoup de skieurs passent au même endroit, ce qui entraîne la formation de plaques de glace.

Tourner sur la crête d'une bosse, c'est excitant ! Quand tu seras assez habile, tu pourras même apprendre à quitter le sol et à tourner dans les airs ! Les premières fois que tu essaieras cette manœuvre, plante un bâton dans la neige et appuie-toi dessus.

Le défi ultime

Sur les pentes lisses, il est possible
de choisir où et quand on veut
tourner. Mais, dans un champ de
bosses, ce sont les bosses qui
décident ! Les grands champs
de bosses font appel à toutes
les habiletés que tu as maîtrisées
pour effectuer des virages.
Souviens-toi que les virages se
font surtout avec les jambes.
En gardant les épaules et les
hanches tournées vers l'aval,
tu auras un meilleur contrôle
et tu verras mieux ce qu'il y a
devant toi.

Toujours plus haut

La plupart des skieurs cherchent
bien vite à transformer les bosses
en rampes de lancement ! Il est
toutefois très difficile d'atterrir
après un saut. N'essaie pas de
sauter par-dessus les bosses avant
d'être très à l'aise sur tes skis. Une
fois dans les airs, plie les genoux et
ramène tes bâtons vers toi, pointés
vers l'arrière. Centre ton poids sur
tes pieds et garde la tête haute.
Et n'oublie pas de bien fléchir les
genoux pour absorber l'impact
à l'atterrissage.

*Avant de sauter, assure-toi qu'il n'y a pas d'autres skieurs
à l'endroit où tu comptes atterrir. Une collision peut causer
de très graves blessures !*

En liberté

Le ski libre et le ski acrobatique sont tous les deux très populaires. Ce sont des sports réservés aux experts. Les adeptes du ski libre explorent l'**arrière-pays** à la recherche de pentes montagneuses non aménagées. Ils se servent de skis conçus pour les virages rapides et la poudreuse épaisse. Les cuvettes sont leurs endroits préférés.

Les cuvettes, ce sont de grandes zones ouvertes, généralement sur le côté sauvage des montagnes. Elles sont souvent remplies de poudreuse épaisse, et leurs pentes sont abruptes. Le ski libre est excitant, mais aussi très dangereux. Les skieurs qui le pratiquent doivent toujours faire attention aux **avalanches** et aux obstacles qui peuvent se dresser sur leur trajectoire, par exemple les rochers et les arbres.

Le ski libre offre une expérience inoubliable aux skieurs experts. Ils skient non seulement en terrain difficile, mais ils bénéficient souvent d'une neige vierge dans des zones pleines de poudreuse !

Quels acrobates !

Les adeptes du ski acrobatique exécutent des figures semblables à celles des planchistes. Ils partagent d'ailleurs les mêmes parcs à neige dans les stations. Comme en planche à neige, ils font des prises et des glisses. Pour exécuter des prises, ils agrippent une partie de leurs skis pendant qu'ils sont dans les airs ! Pour les glisses, ils descendent en skis sur des rails métalliques aménagés dans les parcs à neige.

Les amateurs de ski acrobatique se servent de skis à deux pointes, plus courts que les skis ordinaires, dont les deux bouts sont relevés. Ces skis, qui sont faits pour glisser par en avant ou par en arrière, sont parfaits pour exécuter des figures.

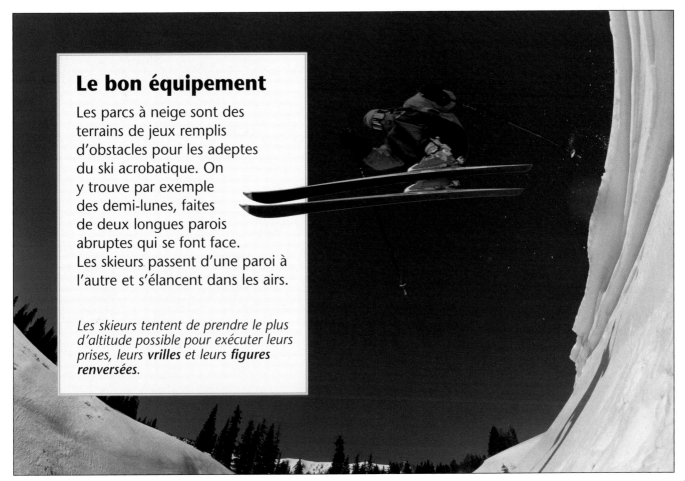

Le bon équipement

Les parcs à neige sont des terrains de jeux remplis d'obstacles pour les adeptes du ski acrobatique. On y trouve par exemple des demi-lunes, faites de deux longues parois abruptes qui se font face. Les skieurs passent d'une paroi à l'autre et s'élancent dans les airs.

*Les skieurs tentent de prendre le plus d'altitude possible pour exécuter leurs prises, leurs **vrilles** et leurs **figures renversées**.*

Les compétitions

Les épreuves de ski sont au programme des Jeux olympiques d'hiver depuis les années 1920.

Un descendeur professionnel peut atteindre la même vitesse qu'une voiture sur l'autoroute !

Les compétitions de ski sont aujourd'hui plus diversifiées que jamais. En plus des courses de différents styles, il existe des tournois de sauts, de figures **aériennes**, de ski acrobatique et de bosses. Les compétitions de ski sont très populaires aux Jeux olympiques d'hiver, où se mesurent les meilleurs skieurs du monde entier.

Premier arrivé

Les courses de ski alpin se divisent en quatre grandes catégories : le slalom, le slalom géant, le super géant (ou super-G) et la descente. Dans les épreuves de slalom, de slalom géant et de super-G, les skieurs doivent contourner des **portes** en dévalant la pente. En slalom, la piste est relativement courte, et les portes sont assez rapprochées. En slalom géant, elles sont plus éloignées, et la piste est plus longue. En super-G, les skieurs doivent descendre une piste encore plus longue, sur laquelle ils ne se sont jamais entraînés. Quant aux courses de descente, elles sont uniquement une affaire de vitesse. Les skieurs descendent en position groupée en se servant le moins possible de leurs carres. Ils peuvent ainsi atteindre plus de 80 kilomètres à l'heure ! Les skieurs qui participent à des courses portent toujours un casque.

Est-ce un avion ?

Les épreuves techniques de saut à skis comportent deux grandes catégories : le saut sur tremplin et le saut acrobatique. Dans les compétitions de saut sur tremplin, les skieurs tentent de parcourir la plus longue distance dans les airs. Ils prennent leur envol à partir d'une rampe étroite et très longue, et ils peuvent souvent franchir plus de 120 mètres avant d'atterrir. C'est l'équivalent de dix-sept autobus scolaires garés l'un derrière l'autre ! Dans les épreuves de ski acrobatique, les participants cherchent plutôt à effectuer des figures originales dans les airs. Ils ne vont pas aussi loin qu'en saut sur tremplin, mais ils exécutent des manœuvres spectaculaires, comme des vrilles ou des figures renversées, avant de revenir au sol. Ils descendent une rampe abrupte pour se propulser dans les airs. Chacun exécute deux sauts. Les juges évaluent leurs performances selon différents critères : créativité, niveau de difficulté, exécution et atterrissage.

En saut, les skieurs n'utilisent pas de bâtons. Leur équipement doit être léger et aérodynamique, pour leur permettre de se déplacer facilement dans les airs.

Liberté totale

Le ski acrobatique n'est pas encore inscrit aux Jeux olympiques, mais les athlètes qui le pratiquent se rencontrent dans de nombreuses compétitions nationales et internationales pour faire la démonstration de leurs talents exceptionnels. Ces skieurs cherchent à impressionner les juges avec leurs figures originales et leurs bonds spectaculaires. Plus ils se montrent inventifs, meilleurs sont leurs résultats.

Pour remporter une compétition de saut acrobatique, il faut beaucoup de concentration et un atterrissage à peu près parfait.

Glossaire

aérienne Se dit d'une figure effectuée par un skieur dans les airs

arrière-pays Région peu habitée

avalanche Glissement d'une grande masse de neige ou de roches sur le flanc d'une montagne

biathlon Compétition combinant des épreuves de ski de fond et de tir à la carabine

carre Languette de métal bordant les côtés des skis

compétition Concours d'habiletés

demi-lune Fossé en « U » formé de deux parois parallèles

fibre de verre Matériau fait de minuscules filaments de verre

figure renversée Manœuvre effectuée la tête en bas dans les airs

parc à neige Dans une station de ski, zone réservée aux rampes et aux tremplins de saut

patrouille de ski Groupe de personnes qui ont une formation médicale et qui travaillent dans une station de ski pour s'occuper des skieurs blessés et faire respecter les règles de sécurité

porte Obstacle formé de deux poteaux que les skieurs doivent franchir dans les courses de ski alpin

préposé aux remonte-pentes Personne qui vérifie les billets pour les remonte-pentes et qui aide les skieurs à monter dans les télésièges en toute sécurité

profil Forme ou modèle d'un ski

saut à skis Compétition dans laquelle les skieurs s'élancent d'un tremplin et sont jugés selon l'exécution de leurs sauts et la distance parcourue

ski de fond Sport dans lequel les skieurs parcourent la campagne plutôt que de descendre des pentes

sous-vêtements isolants Sous-vêtements conçus pour retenir la chaleur du corps

stabilité Le fait d'être en équilibre et de bien maîtriser ses mouvements

vrille Rotation exécutée dans les airs par un skieur

Index